神歌《ティルル》とさえずり

宮内喜美子

目次

目次

装画　真久田正

神歌《ティルル》とさえずり

神歌《ティルル》とさえずり

久高島

儀式のときに歌う歌を
そこでは神歌《ティルル》という
〈ティルル〉とは
鳥の声を連想しないか

チューヌビーヤ
ナミヌシュル　タチュル……

そこでは人びとは
鳥がさえずるように喋っている

クバの御嶽《ウタキ》*の
木洩れ陽と遊んでいた鳥たちも
ティルル　ティルル……と
神歌を歌っていたのだ

太平洋の大海原で
巨大な鯨たちが
年ごとに新しい歌をつくって
海じゅうみんなでうたうように

あの島では

人も　鳥も　風も
空に歌をうたわされている
ティルル
ティルル……と

御嶽《ウタキ》

そのとき急に
ひとすじの風の流れが起きて
けたたましいほどの鳥のさえずりが
わたしをつつんだ
御嶽の木立のまわりから

わたしは膝をつき
手をあわせていた

しゃこ貝の香炉のなかを
小さな蟹があわてて走りだした
うずまき模様の貝を背負った
やどかりたちも走りだした
やぶ蚊がたくさんやってきて
腕や足にとまった

そのとき
わたしの頭上すれすれを
一羽の大きな鳥が　低く滑空し

視えない堅いくちばしで
この魂《マブイ》を掬いあげた
なにか巨きなものの指先になって
あなたはわたしを愛撫した

強い木洩れ陽が揺れ
さえずりがさざめき
ひびきあい
さざなみだち
どこか　ひろびろした
明るい世界に
結びついている

それだけで　充足している

鳥たちが祝福してくれる
ティルル……
わらっている
ティルル
ティルル……

＊沖縄の村々にある聖地。クバは檳榔。

時間が　時間を

この　まっしろな
骨のような
珊瑚のかけらたちは
まるで骨のよう
ではなくて
ほんとうに
骨　なのだ

骨　そのもの

兵士の　自警団の
逃げまどった
おばあや乳飲み子
餓えや病で倒れた
自決させられた人びとの
祖霊の
無念の
骨を　踏んで

じゃり、じゃりっと
珊瑚の浜を　わたしは歩く

無数の微生物が息づく
エメラルド色の水際を

わたしの足裏
わたしのかかと
うすい肉の内側の
形成され破壊されてゆく
生きている骨は
歩いていく

燠のように熱い
珊瑚虫の死骸の上を
じゃりっ
じゃりっと

わたしの時間が
わたしたちの時間を

時間が
時間を
踏んでいく

伝令のようなひと

船は白い波の尾をひいて
海原を走ってゆく
慶良間諸島から那覇の泊港へと

遠のいてゆく島の
首飾りのように幾重にもつづいていた珊瑚の浜ではなく
しきりに
久高島でひろった貝のことを考える
強い思いをのこしたまま
引きちぎられるように去ってきた島の

清い気配に洗われた珊瑚やシャコ貝……

＊

座間味島で二軒目の宿
泊まりに来たひとと話していると
あ、あなたでしたか
その女性はおどろいて話してくれた

久高島で、以前姉がひろった貝を返してきました。
姉はその旅以来病気になり、
もう返しに来られないほど弱ってしまったので、
私が代わりに来たんです。それで姉の気がすむならばと。
ニライ荘のおばさんが、

私と入れ違いに、本土から来ていたご夫婦が帰ったけど
だいじょうぶかな、と心配していました。

それから那覇へ戻り、泊港へ行って、
久米島にしようかと迷ったけれど、こちらの船に乗り、
いくつかの島を停ってゆくなかで、ここで降りました。
たくさん民宿があって……
島の奥のほうに惹かれて
二軒あるうちのこちらに来たんです。

そこでわたしに会った
まるで見えない力の伝令となって
追いかけて来てくれたように

島の言づてを
伝えてくれるために

わたしはちょうどその前日
増えた荷物の間にひろった貝も入れて
港の共同売店から送ってしまったところだった

石には魂が宿っているから
ひろってはいけないという

石ではなく　貝だったけれど
わたしも返さなければ……
小さな貝も　あの島の一部なのだ
畏れの気持ちを持たなければならなかった

それは薄衣一枚の表裏
明と暗のようだ
フボー御嶽での晴れやかな明るさと
新月の森の　闇の深さ

聖なるものと　その畏れが
波のなかにうねってゆく
波しぶきの
泡のひとつひとつになって

船は
白く泡だつ波の帯をひいて
黒いほどの海原を走ってゆく

朝のコーヒーカップ

一瞬よぎる
鳥の影
朝のコーヒーカップに

鳥もカミなのだ
あの島では

炎天下
久高小学校のブロック塀のへりを
白日夢のようによぎった

尾の長い鳥の
影が
いま都会のすすけた鳥になって
わたしに伝言をのこしてゆく

かえっておいで……

カベールの森の
アダンの根方を
身をひそめてゆく木のぼりトカゲの
光と
影で
朝のコーヒーカップに

（あの島へかえりたい）

波の手ざわり
鳥の声そのものの
畏れの気配にこころを残したまま
船に乗るとき
この髪を見えない手でつかまれて
後ろ髪を引かれながら去ってきた
あの島へ

幸福の木

あれはハチドリですか？

米軍海兵隊基地の町
金武《きん》社交街　道端のプランター
朝顔に似た紫色の洋花や
ぼんぼりのような千日紅
なぜかこれだけは造花のバラの上を
高速羽ばたきしながら
空中に静止して
長くのばした細いストローの口先で

花の蜜を吸っていた

吸っては　くるりと飛んで　となりの花へ
そしてくるりと　またとなり……
つぎつぎに　花の細い首の奥へと
まるまったストローをのばしてゆく
お尻のあたりは羽根のような　羽毛のような
虫にしては大きすぎ
鳥にしては小さすぎる

あれはハチドリでしょうか

古びたホテルの前で老人は
道端にしゃがみこみ

植木の手入れをしている
もう四十年も　米兵相手の同伴ホテルを営んできて
今は建物の外壁いっぱい　歩道のこちら側にも
数えきれない植木鉢
欠けたコップや湯呑みにまで
緑の葉がつややかに　花々が咲いている
老人の足もとには黒い猫が寝そべっていて
孫らしい女の子がしゃがんでいて

それは万年青《おもと》ですか？

――これは幸福の木

はにかむように

自嘲するように
こっそり秘密をおしえてくれた
あれはハチドリだったのでしょうか

花から花へと
力いっぱい羽ばたいて
空中静止していたものは

夕陽色の縞の尾羽をふるわせながら
ほんのりピンクの　可憐な首の奥へと
まるめたストローをのばしては
蜜を吸っていたものは

付記　後日図鑑で調べると、詩文中の生物は昆虫の一種スズメガであったと思われる。

ピンク色の冷蔵庫

あのサーモンピンクの冷蔵庫は
どこへいってしまっただろう

いまごろどうして
思いだしているんだろう
あの古い
アメリカがバラ色に輝いていたころの
冷蔵庫
電力ばかりくいそうな
スリフトショップ*で買ってきて

がらんとしたバークレイの
家具もなにもない家のキッチンに置かれた
英語がぜんぜんできなくて
車も運転できなくて
途方に暮れていた
小さな息子と二人
ぽくぽく歩いたはじめての町
やさしい目をした大きな犬が
道のまん中にごろーんと寝そべっていた
わたしのなかの「アメリカ」とは
ぜんぜんちがったアメリカの町
そこからなにかがはじまった
反戦運動　カウンターカルチャー
わたしの新しい一歩もスタートした

あの町の　あの家の
冷蔵庫
中には硬いＴＯＦＵともしゃもしゃのアルファルファが
わたしの困惑と幻想と好奇心のように
居心地わるそうに入っていた

その後まもなく大陸を横断して
ニューヨークに移り住んでしまった
かわいいピンクがうれしかった冷蔵庫も
キッチンに残したまま
もう　ずっと前のこと

がらんと晴れた沖縄の空の下
ひたすら明るい辛酸の地の上を

屋慶名行きのバスに乗り　思いだしていた
いまではマッチ箱みたいに見える米軍ハウスが
流れすぎゆくのを眺めながら

＊善意により集めたものの売り上げを教会に寄付する慈善リサイクル店。

もずるま〜

♪つぶらな瞳のベリーダンサー〜〜
（わたしはうふっと笑うけど、連れの男たちは無表情なので）
♪つぶらな瞳のベリーダンサー〜〜〜〜

漁師のUさんは　もう一度歌うように言う
ドラム缶ほどの大きな青いバケツに
なみなみと貯められた水の中

青灰色と黒の縞模様の海蛇たちは
気持ちよさそうにうねっている
太って一メートルもありそうなのが
うねりうねりと数えるのもむずかしく
二十〜　三十〜　　〜〜〜
こんがらがらずに泳いでいる

バケツの縁づたいに頭をもたげ
二叉の舌を三叉に見せて震わせながら
たしかに　つぶらな目をして可愛いと
わたしも思うけれど

エラブウナギ、エラブウミヘビを
島の人は「んなぎ」と呼ぶ

神さま、神のつかいとしては
もずるまー

んなぎには陰茎が二つあり
季節には二時間も縄のようにもつれあい
雄一匹に七、八匹の雌がからまっていることもある

♪うらやましいかぎり〜〜

（と、とうとう男たちも笑いだし）

こうしてはしゃいで眺めていても
つぶらな瞳のベリーダンサーたちは
燻されてしまうのだ

かつて　んなぎ漁は久高島の神女たちの特権だった
十二年に一度行われていた祭祀儀礼《イザイホー》の舞台
〈神アシャギ〉のとなり
小屋全体が黒く燻されたような〈んなぎ燻製小屋〉で
コチンコチンのまっ黒いステッキや
ぐるぐる巻きの鍋敷きみたいにされてしまう

栄養豊富な高級食材　強壮剤
生物見本のホルマリン漬のように
泡盛の瓶にも入れられてしまう

でもいまは
暑かった箱の中から二体ずつ

無造作にバケツに投げ込まれては
気持ちよさそうに
もつれず　こんがらがらずにうねっている

もずるま～　もずるま～～
祀りの庭で水遊び
つぶらな瞳の水アシャギ　～～

～～～
～～～～

こうして生かしておいて
百以上たまったら燻製加工する
本土に鰹節の燻製技術を教えたのも我々の祖先だと

Uさんは胸を張る

いまごろが産卵期で
一月には子が孵る
島中あちこちの穴から
ひょいと子蛇が顔を出すことがあり
猫がじっと　地面をみつめているという

付記『日本人の魂の原郷　沖縄久高島』(比嘉康雄　集英社)によると、海蛇の交尾の様子は「雌一匹に数匹の雄」。

んなぎ捕り

夜
するどいナイフのように切り立った珊瑚礁の岩を
下りてゆく

波の泡がやわらかく寄せては　かえし
ちゃぷん　・　ぽっちん　・　ぽっちん
ちゃっぷ　ちゃっぷ　・・・
ギザギザの洞穴の窪みで
水が鳴る
反響する

ころあいを見はからってUさんは
右の洞の浅瀬　左の洞の浅瀬へと行き
懐中電灯で照らす

じいっと静かに坐りながら

もずるま～
もずるま～
来ておくれ

こころのなかでわたしは唱える

ちゃっぷん　ちゃっぷん

波も歌う
ぽちゃっ　ぽちゃっ
ティン・　ティン　・・・
天然の水琴窟

この音のなかにいるだけで
満ちてくる

見上げると　岩場の天窓のむこうに
砂ダイヤをまき散らしたように
数えきれない星がある
スバルは十個以上見えている

Uさんはたったひとり

夕方から朝まで　毎日ここで過ごす
島の漁撈祭祀者《ソールイガナシー》になるために
一年間の義務だという

いろんなことを考える　たのしいよ
たのしくなければできないさ……

小潮の　なかなか上がらなかった水位が
少し上がってくる
右のほうでも　左でも
大きいのが捕れる
うすいブルーグレイと黒の縞が
星明かりにギラリとくねるのを
素手でつかまえて　布袋に入れる

海蛇たちは産卵にやってくる
ギザギザした穴だらけの岩の
奥のほう　もしかしたら
わたしのお尻の下あたりにも
ピンポン球みたいな卵が
ぷかっ　ぷかっ・・・

ぷかっと
わたしが産んだ卵みたいに
もぞもぞしてきて

ポッチャン　ポッチャン
ティン・　ティン　・・・

この音のなかにいるだけで
みちている

祭祀儀礼　イザイホー

エーファイ　エーファイ　エーファイ……

女たちの声がきこえる
薄明の黒い森の奥から
神歌《ティルル》が流れ
れんれんと声がきこえる
女たちの　神女たちの
れんれんと
神女《ナンチュ》の　神女《タマガエー》の
さざめきが流れ

乳とかすかに血の匂いが流れる……

その気配を　わたしはさがす
祀りの庭に立ち　風の吹き抜ける
空ろな〈神アシャギ〉の前で

かつて十二年に一度の祀りの日
四方の壁はクバの葉でぎっしりと覆われ
洗い髪に白装束の女たちが

エーファァイ　エーファァイ　エーファァイ……

かけ声にこもる意志も強く
裸足で行進していった

不貞の女は落ちて血を吐くといわれた
七つ橋　この世と異界との境を
ひとり　ふたり……
大勢が渡っていった

神歌の唱和のなか
アダンとヤラブの森の奥
七つ屋にこもった女たちは
三日三晩歌いつづけ
ふたたびこちらに出てくるときには
神女《ナンチュ》になる
神女《タマガエー》になる
祖母神から霊的な力がひき継がれ
魂が生まれかわるのだ

神女が亡くなると
その魂《マブィ》は煙《ヒブィ》となって
海のかなた《ニラーハラー》へ飛んでゆく
そして月日がたつと　島人を守るためにまた
それぞれの御嶽《ウタキ》に還ってくるといわれていた

その〈神アシャギ〉が
聖なるクバの葉をまとうことなく
枠組みだけのあばらのまま
歳月の風にさらされて
今年も十二年に一度の午《うま》の年なのだが
もう祀りが行われることはないだろう
島に住む者は減り

丑《うし》年から寅年の　三十代の女がいない
祀りを知る神女たちもみな
ニライカナイへ還ってしまった

さみしいけれどしかたのないこと
今を生きるひとに
〈イザイホー〉の必然はもはやない

琉球王朝時代　祭政一致の象徴だった神女組織
その権威を守るために　久高の女たちは生涯
島から一歩も外へ出ることはできなかった
不貞をはたらけば七つ橋から落ち血を吐くといわれていた

わたしたちはいつでも幻想のなかを生きている

いまわたしも新たな幻想のなかにいるけれど

かつて琉球弧にあった
祖霊神への　魂というものへの
こころの深さを畏敬する
古代の祀りを継承しつづけてきた女たちに思いをはせる

薄明に
白い装束が霊気をたてて発光し
神女の顔や手の深い皺
洗いざらしの黒髪が
つややかにおそろしい

子《ね》の刻と寅の刻の神歌《ティルル》が

遠い祖霊の声とかさなってきこえてくる
先導神女《イティイティイグルー》の長い長い玉の首飾りのように
かなたかられんれんとつづいてきた祈りの力が
女たちの手指　足指のさき
ナンチュの晴れやかな顔に
深い闇の奥で黒光りするように
かがやいている

福島の友へ

糸満の
海を見はらす丘の上から
親友に電話する
頭上で　鳥がしきりに鳴いている
目の前の大きな雲をジェット機が突っ切る
遠く慶良間諸島の手前には白波が高く立っている
左のほうから巨大な雲のかたまりが
ゆっくり　近づいてくる

台風が接近中なのだ

明日　那覇港発の船は出るだろうか
与論島へ向かうフェリー船は

学生時代　二人で行った与論島
鹿児島港から三十時間の船旅だった
夜発って　翌朝奄美大島
徳之島　沖永良部と順に停泊して
真夜中　与論島に着くと
大きな星々が手を伸ばせば掴めそうに
立体的に浮かんでいた
漆黒の茶花港には
ここにも人が暮らしているというように
民宿の提灯が橙色に揺れていた

あれから何十年もたったのだ
卒業するとすぐに彼女は帰郷し
古くからつづく旅館の女将になって
昼は名物のうなぎを出す食堂で
夜も宿泊客のために天ぷらを揚げつづけた
宴会もよくあり　休みらしい休みのない日々だった
去年　遊びに来てくれたときは
「来年には引退したい」と話していた
「いっしょに旅行しようね」わたしは言った
その半年後　震災は起きた
原発事故で有名になってしまった福島県いわき市……
旅館のお風呂を無料で解放し
津波でなにもかも流されてしまった人たちを
泊めてあげていると言っていた

東屋の上で
見えない鳥がさえずっている
地上のロータリーから
ピンポン　ピンポン　ピンポン　……
信号音がくりかえし聞こえてくる
人通りも　車通りもない交差点を
透明な人や車が通ってゆくように
ピンポン　ピンポン　……
永遠に　というほどくり返している

きのう着信に気づいたのに
沖縄に来ているわたしは気がとがめて
すぐに電話できなかった

彼女は笑って
「いいよ」常磐アクセントで言う
「たのしんでね」

また　いつかいっしょに
与論島に行こう
日本最南端といわれたあのころの面影は
もうなにもなくなって
観光リゾートに変わっているだろう
わたしたちのたいせつな
遠い
エメラルド色に輝く海に囲まれた
あの島へ

バッコウ

船でゆく
はこばれてゆく

ギギギギギ　ギ

歯ぎしりするように
船がつぶやき
船体のきしむ音がからだの底に響く

台風の余波の

大波のなかを
船はゆく

夕暮れの三日月の下を
きっと　満天の星の下を
こうして身をまかせ
こころをゆるめ
はこばれてゆく

――与論島はバッコウします

アナウンスが聞こえる
バッコウ？　聞いたことのない言葉
……あっ、抜港！

抜かされるのだ

与論島
サトウキビ畑が風に波打っていた
星砂の浜辺　ボタン貝で首飾りをつくった
学生闘争から逃れて来た人や
余命を宣告された人
素潜りで十五メートルは泳げた女子大生……
なにかを手さぐりするように
南の涯の島へ
日本中から若い人たちが吹き寄せられていた
わたしが生まれてはじめて
カルチャーショックに打ちのめされ
ノートに言葉を書きはじめた

与論島には寄りつけないまま
渦巻く大波に

　ギギギギーーー
　　ギィーギィーギィーーー

箍《たが》が外れそうに
歯ぎしりしながら
船は　沖永良部島をめざす

暗川《クラゴー》

波紋がひろがる

さざ波が
ながれてゆく

天井から滴る水の
波紋がひろがり

水の輪が
かさなってゆく

暗川の
水の湧く音に
したたる水滴に
わたしもうがたれ
からだのなかの洞窟を
水が流れる
透明なしずくは
迷路の底に穴をあけ

水のゆくえに
耳を澄ます

†

明るい地上から石段を下りてゆくと
島の地下に網目状にひろがる水の国の
ひとすじの流れが見えて

段々の足元には　滴った水滴で
波紋のように
乳白色の輪が幾重にも描かれ

むかしは　この長い石段を下りて
女たちは清い水を汲み
重い甕を頭上に載せて
背すじをまっすぐに
また　急な段々を上がっていった

赤い日々草の花が
点々と
地下世界への誘導灯のように
赤く　灯り

フクロウ

ホ、ホ、ホ、　　ホ、ホ、
　ホ、ホ、ホ、

フクロウが鳴く
夕闇の山に

島唄の　若い女性の裏声が
耳の奥の闇に流れつづけ
せくようにあせてゆく夕焼け色に

ふちどられた与路島の
桟橋の灯りが　明るくなる
黒い島影のなかで暮らすひとの
気配も　姿も見えないけれど

　ホ、ホ、ホ、
　　ホ、ホ、ホ、ホ、

フクロウは鳴く

月夜の海のむこう
与路島のほうから

　ホホッ　ホホッ　ホホッ

谺のような応えがかえってくる
（おなじフクロウでも
集落によって鳴きかたがちがうのだという）

ホホッ　ホホッ　ホホッ　……

真っ暗になった静かな山道を
ヘッドライトに照らされて
ハブがゆっくり　横ぎってゆく

消失点

黄色いTシャツにカンカン帽をかぶったあなたが
歩いてくる

そして
消える

それはまぼろし？
あの晴れた日のこと？

（夢のハレーションのなか　あなたが

くりかえし
　くりかえしやってくる）

カラスは　偵察しながら飛ぶ
頭上の松の枝にとまって
声をあげる

虚空にむかって　アァ：アァ：
わたしも応えると
黒い瞳に光りが走り
声をかえすもの
こだま　ことだま

飛んで　まわって　消えてゆく

強い陽射しにさらされた
「永遠」へとつづく道

ハイビスカスのブランコに
黒揚羽がとまって蜜を吸う
ツマベニ蝶もやってきて

消失点のむこうから
蜜を　吸う

貝が動く……
ヤドカリたちが歩きはじめる

砂の上を二次元に
（球面上を回ってゆく人工衛星のように）

カラスが
空の黒い穴になって
三次元から突出する

赤花が揺れる
赤い軌跡の波がゆれ

波がよせ
波が走り

浅黄色の汀の上を
アサギマダラが飛ぶ
波しぶきと拮抗し

そして
消える

数字が書かれた豚たちと

スチール枠に入れられた大きな豚たちが
吊り上げられ　積まれる
耳をつんざくエンジン音
強風のなか　押しあい　もがき　あばれている
肥った背中に数字が書かれている
青い塗料で　1から9
なにも書かれていない十頭目

島を出るときは
殺されるときなのだ

（その数字の順に？）
無印のおまえは十番目
それとも　種豚として生き残れるか

台風の波に
船はジェットコースターのように揺れる

あばれていた豚たちは
鉄の枠の中　特大ソーセージになって整列し
黙って　目を半眼に
粛々と揺られている

加計呂麻島が見えてくる
第二次大戦末期

若き島尾敏雄隊長率いる特攻隊基地があった
ベニヤ製の人間魚雷が隠されていた呑之浦
ミホさんが最期の覚悟で歩いた海辺が
遠ざかってゆく

船は
奄美大島南端の港町　古仁屋へと進む

かれらは生の最期に向かって
わたしたちは陸へ　ヤマトのわが家へ
未来へ？
そう　未来という
やはり死に向かって

クジラの泪

——川満信一さんへ——

海辺で浜硝子《ガラス》を
たくさんひろいました
沖永良部で　請島で

そら色や茶　みどりの濃淡
うみ色そら色の浜硝子たち
遠い海のどこかで泣いたクジラの
こごった泪が
波に洗われ　砂に洗われ
陽にさらされて

サニ　サニ　サニ　サニ
ぱるぱある　ぱるぱある　ぱるるる

老詩人の埋葬された母語
解体されつづけた言葉の遍歴に似て
角がとれ
まあるく波と遊んでいた
遠いニライカナイから還ってきた
うす青いキャンディーのようなガラスを
たくさんひろって　ポケットに入れました

いま　陽射しのなかに並んでいる
光りのかけらたちから

サニ　サニ　サニ　サニ　……

詩人のかなしみ　慈しみの声がきこえる
長い歳月ににじみ出し
かすかな希望のこめられた

サニ　サニ　サニャーユ　サニ　サニ
（種　種　種子よ　種子　種子）
ぱるぱある　ぱるぱある　ぱるるる

泪の粒　つぶ
トートゥ　尊い
作物の種　というより

トートゥ　尊い
生命の種子

　サニ　サニ　サニ　サニ　……

川満さんの泪が
まるくやさしく降ってきて

　ぱるぱある　ぱるぱある　ぱるるる……

うみ色　そら色に
まるくちいさく
こごっている

付記　沖縄県宮古島で生まれた川満信一さんは、宮古の中でも古代語の残る地域の言葉から宮古方言へ、そして本島の大学に進学して首里・那覇方言へ、新聞記者になり転勤して本土の方言へと、四つの言語の習得体験のある知識人であり、詩人である。詩行中の「サニサニサニサニサニ」「ぱるぱある」「トートゥ」などは、二〇一一年九月三日、奄美自由大学において行われた川満信一さんと今福龍太さんの掛け合い即興詩篇『群島創世記』の川満さんのパートより引用しました。

告別式

――真久田正さん追悼――

なんで　こうもあっけなく
ひとはいなくなってしまうのだろう

黒い服を着たひとたちが並んでいた
黒い着物のひとたちが集まっていた

その人の写真だけが
明るくいい顔をされていて
その人の遺したものは
ものとして残っているのに

（詩集や絵本や　詩誌「ＫＡＮＡ」、「うるまネシア」
　絵画や彫刻や……）

なのに　なぜ
あなただけがいないのだろう

黒いひとばかりが立っていて
わたしも冥《くら》く　立ちつくしていて

一九七一年十月十九日
沖縄返還で大きく揺れる国会議事堂
衆議院本会議場の傍聴席から
爆竹を鳴らし
抗議のビラを撒いた

沖縄本島、宮古島、石垣島
沖縄人三人の　石垣島代表だったあなた
いまなら多くの人の賛同を得られるだろう
「復帰」ではなく
「沖縄の解放」を求めて
すべての沖縄人は団結しようと声を挙げた
おそらく体を清め　着慣れないスーツ姿で
逮捕、起訴され
翌年の初公判では
琉球語《ウチナーグチ》だけを喋って法廷を混乱させた
復帰するなら　ウチナーグチは立派な日本語だという
沖縄人のプライドと皮肉をこめて
悪戯ごころの爆竹とビラという
非暴力の恣意行為に

判決は「懲役八月、執行猶予三年」
その人の
その後の人生の生きづらさを思う

大勢のひとが集まった会で
あなたはひかえめに一歩さがって立っていた
その引かれた弦のぶん
体の内側に強い発進力が秘められていた
おのれをすてて発信する力が

あのころ　きっとどこかで会っていましたね
新宿で　すれ違っていましたね
とあなたは言った

どうして
ひとはいなくなってしまうのだろう

こうして　たぶん
あの熱気に湧いた新宿の時代以来
やっと「再会」できたわたしたちだったのに

オオコウモリ

葬儀の翌日
佐喜眞美術館を訪れると
目の前に　バサバサッと
黒い大きなものが飛んできて
米軍フェンスのすぐ内側
バナナの葉柄にぶら下がった

つぶらな瞳に丸顔の
茶色いふさふさした毛におおわれた
大きなコウモリが

さかさまにわたしを見ている

さかさまのわたし
さかさまのあなた

つやつやした折りたたみ傘の羽根を
片方ずつのばしたり　たたんだり
じぶんのからだを包んだり
鉤爪で器用にべつの葉柄に移り
近づいても逃げる気配もなく
こちらを見ていた

あたりにはだれもいなくて
フェンス前に駐まっている小型トラックの

荷台に乗って　背伸びして
黒い目の奥を　ずっと見あっていた

さかさまのあなた
さかさまのわたし

目と目のあいだで
時空は回転し　渦を巻き
金網の柵は消えて
ひとつづきの亜熱帯林
幻の沖縄大陸*がひろがってゆく

そこには基地はない
上空から襲いかかる騒音も陵辱もない

芭蕉の葉が風に揺れ
たわわに実った果実の甘い香りのなか
ふさふさした毛でおおわれた
つぶらな瞳のかわいい動物や
美しい魂を持った人びとが
穏やかに暮らす邦がつづいてゆく

青い海の上には
真久田船長が舵を取る
まっ白い帆の船が
永遠にむかって
滑ってゆく

＊真久田正詩集『幻の沖縄大陸』。

与論のまじない歌

グージャー　ワンサマ
シンパタ　ナゲリ
グージャー　ワンサマ
シンパタ　ナゲリ

お昼ご飯を食べながら
夫がとつぜん口走る

思いだした！　と

与論の祭りの行列で
島の人たちが口々に
かけ声をかけていた

どうしていま急に思いだしたんだろう
もう何十年も前のことを
これまでも与論島の話をすることはあったのに

グージャーはたしか鯨だ
鯨がたくさん捕れますように、という意味だったかな……

十代の終わりに日本中を旅していたころ
友だちといっしょに与論島で暮らしたことがあった
けいお婆さんが小屋に寝泊まりさせてくれ

前の畑の芋を食べていいと言った
そのかわり　畑の反対の端から
食べた分の種芋を植えるようにと
そして毎日芋ばかり食べていた

わたしが与論島に行ったのは
それから何年たってからだろう
珊瑚が砕けて砂になったまっ白い道を行くと
とつぜん目の前に
エメラルドの塊と見まがう海が出現したあの島で
友人がサンスクリット語の勉強をしたり
夫は『白鯨』を読んだり　いっしょに泳いだり
芋を植えている姿は想像したことがあったけれど

頭の奥の抽斗にしまわれて半世紀
たくさんの国を歩き　たくさんの本を読み
体験し見聞きしてきた脳の
とおい奥深くにしまわれていて
とつぜん　ごろりと出てきた

グージャー　ワンサマ
シンパタ　ナゲリ

グージャー　ワンサマ
シンパタ　ナゲーリ

呪文のようなかけ声をかけながら
真空の空の下

エメラルドの巨大な原石の上で
島の人たちと唱い歩く若い二人が見えてくる

与論のまじない歌 追記

「グージャーワンサマ」でネット検索してみる。
〔与論島町立図書館　デジタル図書館〕が出てくる。
与論町編集の項の「与論の民俗」（与論町誌より抜粋）

第三章　衣食住

三、住生活

（三）新築祝いの儀礼

家の新築、屋根の葺き替えをしたときに、ミシヤホの儀礼をする。古くは米でつくった御酒であったといわれるが、後には粥飯《カイマイ》の上汁《ウワーシル》を、新築の家に吹きかける儀礼である。

屋根を葺き、壁をたて、床ができるとその夕方家造り祝いをする。

祝いのご馳走の前に、青年二人が茶碗に粥の上汁を入れて持ち、一人は家の外から、一人は家の内側から、つぎの言葉を四隅のところで唱え、粥を吸って吹きかけ三度まわる。

まず、表の隅で外の者が粥を吸って吹きかけてから大きな声で呼びかける。外の者が「へーイ」といえば、内の者が「へーイ」と答える。

へーイというのは現在死語になっているが、ごめんください、家に誰かいるか、という意味のあいさつである。

外の者がへーイといい、内の者がへーイと答えたとき、外の者が、

此《クン》の殿内《ト》（地《ウ》）の隅《ヌ》のシンジュ《シンヌ》マンジュケンジュ　と唱えると、内の者が、

マンネーケンケー　鯨《グージャー》　鰐《ワン》　鮫《サマ》　シンパタナゲーリ　と答える。

この言葉の意味は、外の者が「この家の隅に、住むすき間はないか」

と問いかけたのに対し、「隅々まで、鯨や鰐や鮫がひっくりかえったりして騒ぎまわっているので、すき間はない」という意味だという。

家の中に悪魔を入れない問答で、ここで悪魔というのは貧乏神ということである。新築や屋根吹き替えのとき粥や飯を吹きかける古い儀礼は、南西諸島はじめ全国に点々として行われていたことが報告されているが、早く失われてしまっている。与論島の麦屋で昭和十二年にこの儀礼の行われたことを確認した。

*

「友人」である詩人、長沢哲夫さんに「与論のまじない歌」掲載誌を送ると、お便りをくださる。

「グージャーワンサマ……」懐かしい言葉です。ぼくにしてはなぜかはっきり覚えている言葉でした。その頃与論島に行った人の中でも、これを聞いたのはぼくたち二人だけだったと思います。

新築の家のまわりを、子どもらが柴で家を叩きながら歌いまわっていたもので、その時聞いた意味は「鯨のように私の家が大きくなりますように」というものでした。

ついでに思い出したのは、芋ばかり食べていたどころか、百合が浜がわりあい近くてよく浜に降りていき、腰の深さにまで海に入ると足もとにはウニがぎっしりといたので、ウニを採って浜で身をはずし、家に持ち帰って、一人あたりどんぶりいっぱいは食べていたように覚えています。

また、近所の若奥さんが時々おかずを持ってきてくれて、その時話してくれる言葉が実に耳に心地よく、うっとりと聞きほれていました。意味はほとんどわかりませんでしたが、平安の宮言葉の名残りでは、などと勝手に話しあったものです。

確か与論の民俗学者さんの家に研究と言うことで話を聞きに行き、そのたびに食事を（御神酒も）いただきました。

島一番の蛇皮線弾きに、ある夜呼ばれたこともありました。弾く前に「波」とか「風」とか、ぼそっと言うだけで弾き始めるのですが、実に心をとらえて離さない、すばらしい演奏でした。また酔いながら帰ってきたものです。

*

「与論町誌」の「鰐」とは「鱶《ふか》」のことだろうか。
フカとサメの違いがわたしにはよくわからない。
長沢さんのお手紙からは、
祝いの言葉の意味が当時すでに
失われつつあったとうかがえる。

奄美の聖地

珊瑚石で囲われた神女《ノロ》墓がある
古代の人が暮らした洞でもあったろう
沖縄なら　シャコ貝や香炉を置いた聖なる場

天から巨大な石柱が突き下がり
かまど形に並んだ石が
ひとの大腿のように見えている

くすくすっと　むつむさえずり
かなしみの声がきこえる

恐怖におびえるささやき
つぶやきがただよう

遠い息吹きの重なりが
見えない層になり沈積している
けれど不思議に澄んだ明るさのなか

わたしの場所をさがし
ひとつの石に坐った

ガジュマルの髭根が
大地の恥毛のように垂れ下がり
風になでられ揺れている

頭蓋の膜が　青く高く
晴れてゆく

こうして
いつまでも　いつまでも
十年でも百年でも坐っていたい
坐りつづけていたい

わたしの根も
どこか深いところでそよいでいる

さえずる鳥と
泡のような立体格子を作りあげるクモ
繁みに身をひそめていった赤いカナ蛇といっしょに

世界というパズルの　小さな一片になり
はまっている

沖縄移住計画

きれいな千代紙の手箱に
貝を貼りつける
小さなしゃこ貝
白い珊瑚のかけら
白黒アラベスク文様の巻貝は
イスラム寺院の丸屋根のようだ

〈沖縄移住計画〉と夫が書いた紙を
蓋の内側に貼る
そして守礼の門の描かれた二千円札を

二枚　入れる

蓋をすると
鹿の子模様にたなびく霞か雲が
やわらかくうちよせる波に見える
水泡をたてながら
くりかえし　よせてくる波
桜の花や紅葉の葉も
ヒトデやイソギンチャクに見えてくる

息子は大学を卒業し仕事を始め結婚し
生の賑わいから降りたわたしたちの
静かな暮らし
いまではもう夢のようなあこがれが

ひたひたと
やわらかく
うちよせている

波は寄せてはかえし
貝は洗われさらされて
巻き貝はじっとうずくまったまま
こうして
人生の残り時間の大半が過ぎてゆく

ボンドで貼った巻き貝よ
ひょっこり立ちあがって
トトトトッ　と歩きだせ！

目をつむると　わたしはいる

目をつむると
わたしはいる
御嶽のまあるい木洩れ陽のなか

ゆっくりと
呼吸にあわせて
よせては　ひいてゆく
透明な波の前にもすわっている

脛の下には珊瑚の砂

てのひらですくうと
ちいさなちいさな巻き貝や二枚貝が
さくら色に光っている

白い手のようなしゃこ貝のなかを
小蟹が走ってゆく

その残像が
いくども　よぎる

あわてて身をひそめていったものが
蟹か　ヤドカリか
青く光るトカゲだったか
わからなくなる

それとも
どなたかだったのか
芭蕉の　衣ずれの
かすかな気配を
くりかえし聴く

その果てに
わたしのたいせつな
光りの残り香が尾をひいている

都会の空しい部屋で
夜　目をつむって祈るとき

あの島で生きて死んでいった女たち
神女たちが
かあさんのふところのような
あたたかいクバの木に囲まれた庭で

美しい声の鳥になって
ティルル　ティルル……と
舞い飛びながら
歌ってくれた

天蓋につきぬけるさえずりのなか
見えないくちばしにすくい取られた
わたしの魂《マブイ》は　いまも
遠く　空にまわっている

初出一覧

神歌とさえずり	「現代詩手帖」２０００／８
時間が　時間を	「Ｐ」72号　１９９９／８
幸福の木	「ＫＡＮＡ」19号　２０１１／５
ピンク色の冷蔵庫	「ＫＡＮＡ」23号　２０１６／６
もずるま～	「ＫＡＮＡ」25号　２０１８／11
んなぎ捕り	「ＫＡＮＡ」25号　２０１８／11
祭祀儀礼　イザイホー	「ＫＡＮＡ」22号　２０１５／１
福島の友へ	「ＫＡＮＡ」26号　２０１９／12
バッコウ	「ＫＡＮＡ」26号　２０１９／12
暗川	「ＫＡＮＡ」26号　２０１９／12

消失点	「ＫＡＮＡ」21号　２０１４／１
数字が書かれた豚たちと	「ＫＡＮＡ」21号　２０１４／１
クジラの泪　――川満信一さんへ――	「ＫＡＮＡ」20号　２０１１／12
告別式　――真久田正さん追悼――	「ＫＡＮＡ」21号　２０１４／１
オオコウモリ	「ＫＡＮＡ」21号　２０１４／１
与論のまじない歌	「ＫＡＮＡ」22号　２０１５／１
奄美の聖地	東京新聞　２０１２／３／24
沖縄移住計画	「現代詩手帖」　２００２／２
目をつむると　わたしはいる	沖縄詩人アンソロジー「潮境」　２０１６／２

そのほかは未発表作品です。

現在、久高島のフボー御嶽は何人たりとも出入りを禁じられています。私の訪問時は女性のみ入場が許されていたとはいえ、みなさまにとってたいせつな、聖なる場に入らせていただいたことをお詫びいたします。そして深く感謝申し上げます。

宮内喜美子

一九五一年生まれ。
詩集『大泉門の歌』（めるくまーる 一九八〇年）
エッセイ集『わたしの息子はニューヨーカー』（集英社 一九九四年）
詩集『わたしはどこにも行きはしない』（思潮社 一九九九年）
詩集『マー・ガンガー』（めるくまーる 二〇〇六年）
詩集『その器のための言葉』（砂子屋書房 二〇一五年）
詩と批評「ＫＡＮＡ」、サークル「Ｐ」同人。日本現代詩人会会員
また絵画と立体オブジェによる個展〈怪獣ルネサンス〉、〈膨大な消滅してゆくもの〉、〈花の力って、すごい！〉などを開催。

神歌《ティルル》とさえずり

二〇二〇年一月十八日　発行

著　者　宮内《みやうち》喜《き》美子《みこ》

発行者　知念　明子

発行所　七　月　堂

〒一五六－〇〇四三　東京都世田谷区松原二－二六－六

電話　〇三－三三二五－五七一七

FAX　〇三－三三二五－五七三一

印　刷　タイヨー美術印刷

製　本　井関製本

Printed in Japan

ISBN 978-4-87944-397-7　C0092